AF748393

www.ingramcontent.com/pod-product-compliance
Lightning Source LLC
LaVergne TN
LVHW010834051026
849532LV00007B/2706

9788119022892

بچوں کے لیے اچھے قصے

(حدیثِ نبویؐ سے انتخاب)

ارشد حسین ندوی

Bachchon ke liye Achche Qissey
by: Arshad Hussain Nadvi
Edition: November '2025
Publisher :
Taemeer Publications LLC (Michigan, USA / Hyderabad, India)

ISBN 978-81-19022-89-2

کتاب	:	**بچوں کے لیے اچھے قصے** (کہانیاں)
مصنف	:	**ارشد حسین ندوی**
صنف	:	ادب اطفال
ناشر	:	تعمیر پبلی کیشنز (حیدرآباد، انڈیا)
سالِ اشاعت	:	۲۰۲۵ء
صفحات	:	۱۰۰
سرورق ڈیزائن	:	تعمیر ویب ڈیزائن

فہرست

بچّوں کے لئے

اچھے قصّے

(حدیثِ نبویؐ سے)

(مولانا) ارشد حسین ندوی، ایم۔اے، پی ایچ ڈی

۳

مصیبت میں پچھلی نیکی کام آتی ہے

(۱)

ایک مرتبہ تین آدمی ایک سفر پر روانہ ہوئے، راستے میں رات ہو گئی، رات کو تینوں آدمی ایک پہاڑی غار میں ٹھہر گئے، ابھی یہ لوگ غار کے اندر داخل ہی ہوئے تھے کہ پہاڑ پر سے ایک پتھر گرا، جس نے غار کا دروازہ بند کر دیا،

اب یہ لوگ اس غار میں قید تھے نجات کی کوئی صورت نہ تھی، موت ان کے سامنے کھڑی تھی، لیکن اللہ پر ان کا ایمان تھا اس کی رحمت سے وہ ناامید نہ تھے، انھوں نے آپس میں گفتگو شروع کی۔

"ہم کو اس پتھر سے نجات نہ ملے گی، آؤ
ہم اللہ تعالے سے اپنی زندگی کے بہترین
اعمال کا حوالہ دے کر دعا مانگیں، اللہ تعالے
کی رحمت سے امید ہے کہ دعائیں قبول
ہونگی، پتھر ہٹ جائے گا، اور ہم کو اس
غار سے نجات مل جائے گی۔

ایک آدمی نے کہنا شروع کیا:۔

"میرے والدین بوڑھے تھے، میں اُن کی
خدمت کرتا تھا۔ رات کو جب تک اُن کو
دودھ نہ پلا لیتا۔ نہ میں پیتا، اور نہ اپنے
بچوں کو پلاتا، میرا ہر روز کا یہی معمول تھا
ایک روز میں اپنے جانوروں کے لئے
چارہ لینے گیا، واپسی میں دیر ہوگئی، رات
ہوچکی تھی، میرے بوڑھے ماں باپ سو چکے

۵

تھے۔ میں نے ان کے لئے دودھ دوہا لیکن وہ سو رہے تھے۔ میں ان کو جگانا پسند نہیں کرتا تھا اور یہ بھی مجھے بھلا نہ معلوم ہوا کہ میرے بوڑھے ماں باپ بھوکے سوتے رہیں اور میں خود دودھ پی لوں، یا اپنے بچوں کو پلا دوں، میرے بچے بھوک کی شدت میں میرے قدموں پر پڑے ہوئے بلک رہے تھے، دودھ کا پیالہ میرے ہاتھ میں تھا، اور میں اپنے بوڑھے والدین کے جاگنے کے انتظار میں تھا رات گزر رہی تھی اور میں اسی حال میں کھڑا تھا، اب صبح کی روشنی چمک رہی تھی، بچے اسی طرح میرے قدموں پر بلک رہے تھے، اور اب میرے بوڑھے ماں باپ نیند سے بیدار ہوئے

۶

اور دونوں نے اپنا شام کا دودھ پیا"۔
"اے اللہ! اگر یہ میں نے تیری رضا اور خوشی حاصل کرنے کیلئے کیا تھا، تو پتھر گرجانے کی وجہ سے جس مصیبت میں ہم گرفتار ہو گئے ہیں، اس سے ہم کو نجات عطا فرما"۔
پہلے شخص کی دعا ختم ہوئی، پتھر تھوڑا سا اپنی جگہ سے کھسک گیا۔ لیکن ابھی یہ لوگ نکل نہیں سکتے تھے۔

دوسرے آدمی نے کہنا شروع کیا:-
"اے اللہ! میری ایک چچازاد بہن تھی، میں اس سے بے انتہا محبت کرتا تھا، میری محبت ناپاک تھی، میری نیت خراب ہو چکی تھی، میں نے

اس سے اپنی شیطانی خواہش پوری کرنے کی درخواست کی ، وہ نیک تھی ، اس کے دل میں خدا کا خوف تھا ، میرے ساتھ وہ اس گناہ پر تیار نہ ہوئی . اب کچھ عرصہ گزر چکا تھا ، وہ قحط کی مصیبت میں گرفتار ہوگئی ، اِس مصیبت میں وہ میرے پاس آئی میں نے اس کی مصیبت سے فائدہ اُٹھایا ، اس کو ایک سو بیس دینار اس شرط کے ساتھ دیئے کہ وہ میری شیطانی خواہش کو اب پورا کر دے ، وہ مصیبت کی ماری تھی ، مجبوراً تیار ہو گئی ، اب میں شیطان کے بس میں تھا . اور اس نیک اور پاک خاتون کا جسم میرے بس میں تھا ، لیکن اُس کے دل میں اب بھی ایمان کی قوت تھی ، اُس نے پھر ایک مرتبہ کہا : " اللہ سے

ڈرو، اور اس کام سے باز رہو، جس کے کرنے کا
شرعًا تم کو حق نہیں"۔ میں اس سے فورًا
الگ ہو گیا، وہ مجھے انتہائی محبوب تھی
میں نے اپنے دینار بھی اس سے نہیں لیئے"
— "اے اللہ! اگر یہ میں نے تیری
رضا اور خوشی حاصل کرنے کے لئے
کیا تھا، تو پتھر گر جانے کی وجہ سے جس
مصیبت میں ہم گرفتار ہو گئے ہیں اس
سے ہم کو نجات عطا فرما"۔
دوسرے شخص کی بھی دُعا ختم ہوئی، پتھر اب
اپنی جگہ سے اور سرک گیا، لیکن اب بھی یہ لوگ
نکل نہ سکتے تھے۔

تیسرے آدمی نے کہنا شروع کیا:۔

۹

"اے اللہ! میں نے اپنے یہاں مزدور لگائے تھے، میں نے سب کی مزدوری دے دی تھی ایک مزدور اپنی مزدوری چھوڑ کر چلا گیا تھا میں نے اس کی مزدوری کے پیسوں کو تجارت میں لگا دیا، تجارت میں برکت ہوئی، مال بہت بڑھ گیا، اب مدت بھی کافی گزر گئی، عرصے کے بعد وہ مزدور میرے پاس آیا، اس نے کہا: "اے اللہ کے بندے مجھ کو میری مزدوری دے" میں نے اس سے کہا: یہ "بکریاں، گائیں، اونٹ، غلام جو کچھ تم دیکھتے ہو سب تمہاری مزدوری کا مال ہے، ان سب کو تم لے جاؤ" وہ مذاق سمجھتے ہوئے بولا:

"اے اللہ کے بندے مجھ سے مذاق نہ کر"

میں نے پھر کہا، "میں تمہارے ساتھ مذاق نہیں کرتا" وہ سب کو ہنکا کر لے گیا اور ایک جانور بھی نہیں چھوڑا ——

"اے اللہ! اگر یہ میں نے تیری رضا اور خوشی حاصل کرنے کیلئے کیا تھا، تو پتھر گر جانے کی وجہ سے ہم جس مصیبت میں گرفتار ہو گئے ہیں، اس سے ہم کو نجات عطا فرما"

اب پتھر بالکل ہٹ گیا۔ تینوں شخص غار سے نکل آئے اور چل دیئے۔

ایمان کی قوّت

— (٢) —

تم لوگوں سے پہلے ایک بادشاہ تھا، اُس کے پاس ایک جادوگر تھا، جادوگر جب بوڑھا ہوگیا تو اس نے بادشاہ سے کہا:-

"مجھے ایک لڑکا دیجیے تاکہ
میں اُس کو جادو سکھادوں"

بادشاہ نے ایک لڑکا جادوگر کے سپرد کردیا، لڑکا روز جادو سیکھنے کے لئے جادوگر کے پاس جانے لگا، راستے میں ایک راہب رہتا تھا،

ایک مرتبہ یہ لڑکا اس راہب کے پاس بیٹھ گیا، لڑکے نے راہب کی باتیں سنیں، لڑکے کو اس کی باتیں بہت بھلی معلوم ہوئیں۔

لڑکے کے لئے اب یہ روز کا معمول ہو گیا، جب وہ جادوگر کے پاس جاتا تو راہب کے پاس سے گزرتا، وہ راہب کے پاس بیٹھ جاتا، اس طرح جادوگر کے پاس پہنچنے میں اُس کو دیر ہو جاتی اور جادوگر اس کو زود و کوب کرتا۔

لڑکے نے راہب سے اسکی شکایت کی راہب نے سزا سے بچنے کے لئے یہ تدبیر بتلائی:-

"جب جادوگر دیر ہو جانے پر اعتراض کرے تو کہہ دیا کرو کہ گھر میں دیر ہو گئی، اور جب گھر والے اعتراض کریں تو کہہ دیا کرو، کہ

۱۳

جادوگر کے پاس دیر ہو گئی "۔
اب وہ اسی بہانے سے کام لینے لگا۔
ایک روز ایک بڑا زبردست جانور آگیا، جس کی ہیبت سے لوگوں نے گھروں سے نکلنا چھوڑ دیا لڑکے نے اپنے دل میں کہا، میں آج معلوم کرونگا کہ جادوگر افضل ہے یا راہب؟ — لڑکے نے ایک پتھر اٹھاتے ہوئے کہا:۔

"اے اللہ! اگر راہب تجھ کو جادوگر سے
زیادہ پسند ہے تو اس جانور کو اس پتھر سے
مار ڈال، تاکہ لوگ آسانی سے آجا سکیں"!

اس دعا کے ساتھ اس نے پتھر اُٹھا کر جانور کے مار دیا، جانور مر گیا، اور لوگ آسانی کے ساتھ آنے جانے لگے، لڑکا اس واقعہ کے بعد راہب کے پاس آیا، اور جانور کے مرنے کا حال تبلایا،

۱۴

راہب نے اس سے کہا:-

" تو آج مجھ سے بھی افضل ہے، میں دیکھ رہا ہوں تیرا معاملہ بہت بڑھ گیا ہے اور اب تو بہت جلد کسی آزمائش میں گرفتار ہوگا، اگر تو کسی آزمائش میں گرفتار ہو تو میرے متعلق کچھ ذکر نہ کرنا۔"

لڑکا مادر زاد اندھوں اور کوڑھیوں کو اچھا کردیتا تھا اور طرح طرح کے مریضوں کو اس کے ہاتھوں سے شفاء حاصل ہوتی تھی۔

بادشاہ کا ایک مصاحب بھی اندھا تھا، اس کو جب یہ معلوم ہوا کہ لڑکا تمام بیماریوں سے لوگوں کو اچھا کردیتا ہے، تو وہ بہت سے تحفے تحائف لے کر لڑکے کے پاس گیا، اور کہا:-

۱۵

"اگر مجھے شفاء حاصل ہو جائے تو میرے پاس جو کچھ ہے، میں وہ سب تم کو دیدونگا"

لڑکے نے کہا:۔

"میں کسی کو شفاء نہیں دیتا، شفاء دینا تو اللہ تعالیٰ کا کام ہے، اگر تم اللہ پر ایمان لاؤ تو میں اللہ تعالیٰ سے دُعاء کروں گا وہ تم کو شفاء دے گا۔"

مصاحب اللہ تعالیٰ پر ایمان لے آیا، اور اللہ تعالیٰ نے اس کو شفا عطا فرمائی، مصاحب کی آنکھوں میں اب روشنی تھی، وہ اچھا ہو کر بادشاہ کے پاس آیا اور حسب معمول اس کے پاس آکر بیٹھ گیا، بادشاہ نے پوچھا:۔

"تیری آنکھیں کس نے واپس کیں"؟

مصاحب نے جواب دیا:۔

۱۶

"میرے خدا نے"

بادشاہ نے دوسرا سوال کیا:

"کیا میرے سوا تیرا کوئی اور دوسرا بھی خدا ہے"؟

مصاحب نے پھر کہا:-

میرا اور تیرا دونوں کا خدا اللہ تعالےٰ ہے"۔

بادشاہ نے اپنے مصاحب کو گرفتار کرلیا اور اسکو طرح طرح کا عذاب دینا شروع کیا۔ مصاحب نے عاجز آکر لڑکے کا نام بتلا دیا، اب بادشاہ کے دربار میں لڑکے کی طلبی ہوئی، بادشاہ نے لڑکے سے پوچھا:-

"اے لڑکے! کیا تیرا جادو اتنا بڑھ گیا ہے کہ تو اندھوں اور کوڑھیوں کو اچھا کردیتا ہے، اور طرح طرح کے مریضوں کو شفا دیتا ہے"

لڑکے نے جواب دیا:
"میں کسی کو شفاء نہیں دیتا۔ شفاء دینا تو اللہ کا کام ہے۔"
اب بادشاہ نے لڑکے کو بھی گرفتار کرلیا۔ اور اس کو طرح طرح سے عذاب دینا شروع کیا۔ لڑکے نے راہب کا نام بتلادیا۔ راہب بھی گرفتار ہوکر آیا۔ بادشاہ نے راہب سے کہا:-
"اپنے دین کو چھوڑدو۔ اور اللہ سے انکار کرو۔"
راہب نے اپنا دین چھوڑنے سے انکار کیا۔
اب بادشاہ نے ایک آرا منگوایا، اور راہب کے بیچ سر پر چلوادیا، یہاں تک کہ اس کے جسم کے دو حصے ہو گئے، بادشاہ کے دربار میں لڑکے کی پھر طلبی ہوئی، اور بادشاہ نے لڑکے سے کہا:-

"اپنے دین کو چھوڑ دے"

لڑکے نے بھی اپنا سچا دین چھوڑنے سے انکار کر دیا۔

بادشاہ نے اس لڑکے کو اپنے کچھ آدمیوں کے سپرد کرتے ہوئے حکم دیا:۔

"اس لڑکے کو تم پہاڑ پر لے جاؤ. اور چوٹی پر پہنچنے کے بعد بھی اگر یہ لڑکا اپنے دین سے انکار نہ کرے، تو اس کو وہیں سے نیچے پھینک دینا"

یہ لوگ لڑکے کو لے کر چلے گئے، لڑکے نے اپنے اللہ سے دعا مانگی:۔

"اے اللہ ان لوگوں کے مقابلے میں تو ہی میری مدد کرنیوالا ہے"

لڑکے کو لے کر یہ لوگ پہاڑ پر چڑھ گئے، پہاڑ میں زلزلہ

آ گیا، سب لوگ پہاڑ پر سے گر گئے، اللہ تعالےٰ نے اس لڑکے کو بچا لیا۔

یہ لڑکا پھر بادشاہ کے پاس آیا، بادشاہ نے اُس سے دریافت کیا:۔

"میں نے تم کو جن لوگوں کے سپرد کیا تھا، اُن کا کیا حشر ہوا؟"

لڑکے نے جواب دیا؟

"میرے خدا نے اُن کے مقابلے میں میری مدد کی۔"

اب بادشاہ نے اُس لڑکے کو کچھ اور لوگوں کے سُپرد کیا، اور اُن کو حکم دیا، کہ اس کو ایک چھوٹی کشتی پر سوار کرو، اور جب یہ سمندر کے بیچ میں پہونچے، اور پھر بھی اپنے دین سے انکار نہ کرے تو اِس کو سمندر میں پھینک دینا

۲۰

یہ لوگ اس کو لے کر سمندر میں گئے، لڑکے نے پھر اپنے اللہ سے مدد کے لئے دعا مانگی، دعا قبول ہوئی کشتی اُلٹ گئی، بادشاہ کے سب آدمی ڈوب گئے اور یہ اللہ پر کامل ایمان رکھنے والا لڑکا بچ کر زندہ نکل آیا۔

اب پھر یہ بادشاہ کے پاس پہونچا، اور بادشاہ نے پھر اپنے آدمیوں کے متعلق اُس سے دریافت کیا، اور اُس نے پھر وہی جواب دیا:۔

"اللہ نے اُن کے مقابلے میں میری مدد کی"

بادشاہ کو عاجز دیکھ کر لڑکے نے بادشاہ سے کہا:۔

"تو اس وقت تک مجھے قتل نہیں
کر سکتا، جب تک تو میرے حکم پر
عمل نہیں کرے گا"

بادشاہ نے دریافت کیا، وہ کیا ہے؟:۔

لڑکے نے کہا:

" تو لوگوں کو ایک میدان میں جمع کر، اور مجھ کو سولی پر لٹکا دے، پھر ترکش سے ایک تیر نکال کر کمان پر رکھ، اور بسم اللہ رب الغلام کہہ کر مار دے۔"

بادشاہ نے یہی کیا، وہ تیر اُسکی کنپٹی پر آ کر لگا، اور اُس نے اپنا ہاتھ اُس جگہ رکھ لیا، اللہ اُس پر رحمت فرمائے وہ شہید ہو گیا۔

لڑکے کے شہید ہو جانے کے بعد پورے مجمع نے تین ۳ مرتبہ کہا:-

" ہم لڑکے کے خدا پر ایمان لائے "

پھر جن لوگوں نے یہ کہا وہ سب بادشاہ کے پاس لائے گئے۔ بادشاہ کے مصاحبوں نے بادشاہ سے عرض کیا:-

۲۲

"جس چیز سے آپ ڈرتے تھے، وہی ہوا، لوگ لڑکے کے خدا پر ایمان لے آئے۔"

بادشاہ نے خندق کھودنے کا حکم دیا. خندق کھُد گئی پھر اس خندق میں آگ جلائی گئی، اب بادشاہ کا حکم ہُوا:

"جو لوگ لڑکے کے دین کو نہ چھوڑیں، اُن کو اس جلتی ہوئی خندق میں جھونک دو۔"

بادشاہ کے حکم کی تعمیل کی گئی۔ اللہ پر ایمان لانے والے خندق کے بھڑکتے ہوئے شعلوں میں پھینکے جا رہے تھے، کہ ایک عورت کی باری آئی، اُس کے ساتھ ایک بچّہ بھی تھا، عورت آگ میں کودنے سے کچھ ٹھٹکی، اس کے لڑکے نے کہا:-

"اے ماں تو کود پڑ، تو حق پر ہے۔"

گناہ ـــــ توبہ ـــــ بخشش

ـــــ (۳) ـــــ

ایک صاحب کا نام کفلؔ تھا، کفلؔ کسی گناہ سے باز نہیں رہتے تھے۔

ایک روز ایک ضرورت مند عورت اُن کے پاس آئی، عورت نے اپنی ضرورت کفل کو بتلائی اُس کو انھوں نے کچھ دینار دیئے۔

اب وہ اُن کے قابو میں تھی، اور اُن کے سر پر شیطان سوار تھا، وہ اُن کے ارادہ کو دیکھتے ہی رونے اور کانپنے لگی، کفلؔ نے دریافت کیا:-

"روتی کیوں ہو؟"

روتی ہوئی پاک باز عورت نے جواب دیا:-

۲۴

"میں نے یہ گناہ کبھی نہیں کیا ہے، اور صرف ضرورت نے مجھ کو اس پر آمادہ کیا ہے۔"

کفل نے پھر سوال کیا:-

"کیا اللہ کے ڈر کی وجہ سے روتی اور کانپتی ہو؟ حالانکہ مجھ کو تجھ سے بھی زیادہ اللہ سے ڈرنا چاہیئے۔ بس جا! جو کچھ میں نے تجھ کو دیا ہے وہ تیرا ہے، قسم خدا کی آئندہ سے میں کوئی گناہ نہیں کروں گا۔"

کفل نے ان الفاظ میں توبہ کی، کفل اسی رات کو مر گئے صبح ان کے دروازہ پر لکھا ہوا لوگوں نے دیکھا:-

"کفل کو اللہ نے بخش دیا"

لوگوں کو سخت تعجب تھا، اس زمانہ کے نبی پر اللہ تعالےٰ نے کفل کے متعلق وحی نازل فرمائی، اور لوگوں کا تعجب دور ہوا۔

۲۵

دیانت داروں کا مقابلہ
دونوں کی فتح!

ایک شخص نے ایک آدمی سے زمین کا ایک ٹکڑا خریدا اُس زمین میں اُس نے ایک برتن پایا، اُس برتن میں سونا تھا، اُس نے جس سے زمین خریدی تھی، اس سے کہا:-

"تم اپنا سونا لے لو، میں نے صرف زمین خریدی تھی، سونا نہیں خریدا تھا"

زمین کے بیچنے والے نے کہا:-

"زمین اور جو کچھ اس میں تھا وہ سب میں نے تیرے ہاتھ فروخت کیا تھا، سونا مجھے نہیں چاہیے"

۲۶

اس کے بعد یہ دونوں آدمی ایک اور شخص کے پاس اپنا معاملہ لے کر گئے۔

اُس شخص نے معاملہ کی نزاکت کو محسوس کرتے ہوئے اُن دونوں سے دریافت کیا:-

"کیا تم دونوں کی کوئی اولاد ہے؟"

اُن دونوں میں سے ایک نے کہا:-

"مجھے اللہ نے ایک لڑکا دیا ہے"

دوسرے نے جواب دیا:-

"اللہ نے مجھے بھی ایک لڑکی دی ہے"

فیصلہ کرنے والے نے کہا:-

"پس تم لوگ اُن دونوں کی شادی آپس میں کر دو۔ اور اس سونے کو اُن دونوں کے حوالہ کر دینا کہ وہ اس سے اپنی ضرورتیں پوری کریں"۔

☆

ماں کی گود میں بولنے والے بچے

۔۔ ۵ ۔۔

رسول اللہ صلی اللہ علیہ وسلم نے فرمایا، کہ:-

"تین شیر خوار بچوں نے ماں کی گود میں گفتگو کی"

پہلے بچے کا نام حضرت عیسیٰ ابن مریم ہے، اُنکا قصہ تفصیل کے ساتھ قرآن مجید میں موجود ہے۔

اللہ تعالیٰ نے اُن کو اپنی قدرت کاملہ سے بغیر باپ کے پیدا کیا، اور جب اُن کی قوم کے لوگ حضرت مریم کو بُرا بھلا کہنے لگے، تو حضرت مریم نے ان کی طرف اشارہ کیا اور انہوں نے کہا:-

۲۸

"میں اللہ کا بندہ ہوں، مجھکو اس نے کتاب دینا ہے، اُس نے مجھ کو نبی بنایا، اور مجھ کو برکت والا بنایا، جس جگہ میں ہوں، اور مجھ کو نماز اور زکوٰۃ کی تاکید کی، جب تک میں زندہ رہوں، اور مجھ کو ماں سے نیک سلوک کرنے والا بنایا، اور مجھ کو زبردست اور بدبخت نہیں بنایا، سلام ہے مجھ پر جس دن میں پیدا ہوا، جس دن میں مروں، اور جس دن زندہ ہوکر اُٹھ کھڑا ہوں"

(سورۂ مریم-۲۶)

دوسرے بچے کا حال سنئے:

جُرَیج ایک عابد زاہد آدمی تھے، ایک گرجے میں رہتے تھے، ایک روز گرجے میں نماز پڑھ رہے تھے کہ ان کی ماں آئیں، ماں نے پُکارا:

۲۹

"اے جریج

جریج نے اللہ کی طرف دھیان کرتے ہوئے کہا۔

"اے اللہ! میری نماز اور میری ماں"

(جریج متفکر تھے کہ میں نماز پڑھ رہا ہوں، اور میری ماں پکار رہی ہیں۔ میں کیا کروں، پھر وہ نماز کی طرف متوجہ ہو گئے، تین۳ مرتبہ ایسا ہی ہوا تین۳ دن کے بعد اُن ماں نے دُعا مانگی:۔

"یا اللہ! جریج جب تک بد معاش عورتوں کا چہرہ نہ دیکھ لیں، ان کو موت نہ آئے"

(وقت گذرتا گیا) نبو اسرائیل میں جریج کی عبادت کے چرچے ہونے لگے کچھ لوگ بہت بُرے تھے وہ جریج سے حسد کرتے تھے۔ اُن ہی بنی اسرائیل میں ایک خوبصورت عورت بھی تھی لیکن بدمعاش (اور آوارہ) ایک روز اس نے کہا:۔

۳۰

اگر تم لوگ چاہو تو میں جریج کو اپنے فتنہ میں

پھنسا دوں "، سب نے مل کر ایک سازش رچائی، اب اس بدمعاش حسین و جمیل عورت نے خود کو جریج کے سامنے پیش کیا لیکن جریج اس کی طرف متوجہ نہیں ہوتے۔

جریج کے گرجے میں ایک چرواہا بھی رہتا تھا، وہ عورت جریج سے مایوس ہوکر چرواہے کے پاس آئی، چرواہا اس کے جال میں پھنس گیا، اور وہ عورت حاملہ ہوگئی۔

دن گذرتے گئے، عورت کے یہاں بچہ پیدا ہوا،

عورت نے کہا:

" یہ جریج کا بچہ ہے "

لوگ جریج کے پاس آئے ان کو گرجے سے باہر نکالا۔ گرجا ڈھا دیا، اور جریج کو مارنا شروع کیا، جریج نے

دریافت کیا:۔
"بات تو بتلاؤ کیا ہے ؟"
اُن لوگوں نے جواب دیا :۔
"تم نے بد معاش عورت کے ساتھ منہ کالا کیا ہے اور تم ہی سے اُس کا بچّہ پیدا ہوا ہے۔"
جریج نے کہا :۔
"بچّہ کہاں ہے ؟"
لوگ بچّے کو لے آئے، جریج نے نماز پڑھنے کے لئے مہلت مانگی، نماز پڑھی، نماز سے فارغ ہوکر لڑکے کے پاس آئے اور اُس کے پیٹ پر ہاتھ مار کر کہا :۔
"اے لڑکے تیرا باپ کون ہے ؟"
شیر خوار بچّے نے جواب دیا :۔

۳۲

"فلاں چرواہا"
اب لوگ عقیدت کی وجہ سے اُن کے جسم کو چومنے لگے اور کہنے لگے، کہ :-
"ہم تمہارے گرجے کو سونے کا بنا دینگے"
جریج نے کہا :-
"نہیں! گرجا جیسے پہلے تھا، اُسی طرح کا اینٹوں کا بنوا دو"
لوگوں نے ایسا ہی کیا۔ اس بچے کا نام "یابوس" تھا۔

اب تیسرے بچے کا حال سنئے :-
ایک روز یہ بچہ اپنی ماں کا دودھ پی رہا تھا، کہ اس طرف سے ایک حسین جمیل آدمی ایک خوبصورت گھوڑے پر سوار گذرا۔ اُس آدمی کو دیکھ کر بچے کی

۳۳

ماں نے دعا مانگی :-

"اے اللہ! میرے لڑکے کو بھی ایسا ہی بنا دے"

لڑکے نے ماں کا دودھ چھوڑ دیا، اور اس آدمی کی طرف دیکھتے ہوئے کہا :-

"اے اللہ! مجھ کو ایسا نہ بنانا"

اور پھر دودھ پینا شروع کر دیا۔

ایک دوسرے دن کا واقعہ ہے کچھ لوگ ایک لونڈی کے پاس سے گذرے اور اس کو مارنا شروع کر دیا ۔ یہ لوگ لونڈی سے کہتے تھے :-

"تو نے زنا اور چوری کی ہے"!

وہ لونڈی کہہ رہی تھی :- "حسبی اللہ ونعم الوکیل" (اللہ میرے لئے کافی ہے ، اور وہ بہترین کارساز ہے)

۳۴

یہ بچّہ اس وقت اپنی ماں کا دودھ پی رہا تھا۔
اس کی ماں نے اس لونڈی کو پٹتے ہوئے دیکھا اور پھر اللہ سے دُعا مانگی:۔
"اے اللہ! میرے لڑکے کو ایسا نہ بنانا"
بچّے نے اپنی ماں کا دودھ چھوڑ دیا، اور اُس لونڈی کی طرف دیکھتے ہوئے کہا:۔
"اے اللہ! مجھ کو ایسا ہی بنانا"
پھر اُس نے ماں سے کہا:۔
"تو نے ایک خوبصورت آدمی کو گذرتے ہوئے دیکھ کر میرے لئے دُعا کی، کہ (اے اللہ! میرے بچّے کو ایسا ہی بنانا، اور میں نے کہا تھا، کہ (اے اللہ! مجھ کو ایسا نہ بنانا) وجہ یہ تھی کہ وہ خوبصورت آدمی بہت بڑا جبّار تھا————

۳۵

اور پھر تو نے لونڈی کو مار کھاتے ہوئے دیکھا جس کے متعلق لوگ کہہ رہے تھے کہ اس نے زنا کیا ہے، چوری کی ہے، پھر تو نے میرے لئے اپنے اللہ سے دُعا کی، کہ (اے اللہ! میرے بچے کو ایسا نہ بنانا) اور میں نے کہا تھا، کہ (اے اللہ! مجھے اس لونڈی جیسا بنانا) سچ یہ ہے نہ اس لونڈی نے زنا کیا تھا اور نہ چوری کی تھی ـــــــ (وہ نہایت پاک باز عورت تھی)"

۳۶

ایک ہزار کا قرض

-۶-

بنو اسرائیل میں سے ایک شخص کا ذکر ہے اُس نے بنی اسرائیل ہی کے بعض لوگوں سے ایک ہزار دینار بطور قرض مانگے۔ اُن لوگوں میں سے ایک شخص نے کہا:-

"تم کوئی گواہ لاؤ، تاکہ اس قرض پر وہ گواہ رہے"

اس شخص نے کہا:-

"اللہ کی گواہی کافی ہے"

قرض دینے والے نے پھر کہا:-

"تم کوئی ضمانت دار لاؤ؟"

اُس شخص نے پھر جواب دیا:-

۳۷

"اللہ کی ضمانت کافی ہے"

قرض دینے والے نے کہا:۔
"تم ٹھیک کہتے ہو"
یہ کہہ کر اُس نے ایک مقررہ وقت کے وعدے پر قرض دے دیا، قرض لے کر یہ شخص سمندر کے سفر پر نکل گیا۔

جب اس شخص کی ضرورت پوری ہوگئی تو اُس نے جہاز کو تلاش کرنا شروع کیا۔ تاکہ اُس پر ایک ہزار دینار وقت مقررہ کے اندر قرض دینے والے کے پاس کسی ذریعہ سے بھیج دے، لیکن انتہائی تلاش کے باوجود اس کو کوئی جہاز نہیں ملا کہ وہ اس پر دینار روانہ کرتا۔

آخرکار اس نے ایک لکڑی لی، اُس میں سوراخ کیا پھر اُس سوراخ میں ایک ہزار دینار اور ایک خط رکھدیا

۳۸

سوراخ کے اوپر مہر لگا دی، پھر لکڑی کو لیکر سمندر پر آیا اور یوں کہنا شروع کیا:۔

"اے اللہ! تو جانتا ہے کہ میں نے فلاں شخص سے ایک ہزار دینار قرض لیا تھا مجھ سے اُس نے گواہ مانگا، میں نے اُس سے کہا تھا گواہی کے لئے اللہ کافی ہے، وہ اس پر راضی ہو گیا، اُس نے ضامن مانگا تو میں نے کہا تھا اللہ کی ضمانت کافی ہے، پھر وہ تیری ضمانت پر راضی ہو گیا۔ میں نے انتہائی کوشش کی کہ کوئی جہاز مل جائے، لیکن مجھے کوئی جہاز نہیں ملا۔ اب میں یہ دینار تیرے سپرد کرتا ہوں"

یہ کہہ کر اُس نے اُس لکڑی کو سمندر میں پھینک دیا، اور

۳۹

اس کے بعد بھی جہاز کی تلاش جاری رکھی، تاکہ جہاز پر بیٹھ کر اب وہ اپنے وطن چلا جائے۔

وہ آدمی جس نے قرض دیا تھا، ایک روز اپنے گھر سے نکل کر سمندر کے ساحل پر آیا کہ شاید کوئی آدمی جہاز پر اس کا روپیہ لے کر آیا ہو، اُس کو وہاں کوئی جہاز نہیں ملا، ہاں وہاں ایک لکڑی کا تختہ تھا، اس تختہ میں اس کی رقم تھی، اس نے اس تختہ کو اس نیت کے ساتھ اُٹھا لیا کہ یہ گھر میں ایندھن کے کام آئے گا۔ تختہ چیرنے پر اس کو ایک خط اور دینار مل گئے۔

ایک عرصہ کے بعد وہ آدمی آیا، جس کو قرض دیا تھا، اس نے ایک ہزار دینار اس کی خدمت میں پیش کیے، اور معذرت کے طور پر کہنے لگا، کہ:-

"میں برابر کسی ذریعہ کی تلاش میں رہا

کہ آپ کی رقم بھیج دوں، لیکن جس جہاز پر آیا ہوں اس کے علاوہ اس سے پہلے اور کوئی جہاز نہیں ملا۔

قرض دینے والے نے سوال کیا۔

"کیا آپ نے کوئی چیز مجھ کو بھیجی تھی؟"

اس شخص نے پھر جواب دیا:۔

اس نے لکڑی کا قصہ بیان کیا۔

قرض دینے والے نے پھر کہا:۔

"آپ نے لکڑی میں رکھ کر جو کچھ بھیجا تھا، اسکو اللہ تعالےٰ نے مجھ تک پہنچا دیا ہے اب یہ ایک ہزار دینار واپس لے جایئے"

۴۱

آزمائش

بنی اسرائیل میں تین آدمی تھے، ایک گنجا، دوسرا کوڑھی، تیسرا اندھا، اللہ تعالےٰ نے اُن کو آزمائش میں ڈالنا چاہا، اللہ تعالےٰ نے اُن کے پاس ایک فرشتہ بھیجا، فرشتے نے پہلے کوڑھی کے پاس آکر سوال کیا:۔

"تجھ کو سب سے زیادہ کونسی چیز محبوب ہے؟"

کوڑھی نے بڑی آرزوؤں کے ساتھ جواب دیا۔

"اچھا رنگ، اچھی جلد! اس مرض سے مجھ کو نجات مل جائے، جس کی وجہ سے مجھے لوگ ذلیل سمجھتے ہیں۔"

فرشتے نے ایک مرتبہ کوڑھی کو چھولیا، اب اللہ تعالیٰ نے اپنے فضل وکرم سے اس کو بالکل تندرست کردیا، اب وہ خوبصورت تھا، اور اُس کی جلد خوبصورت تھی، فرشتہ نے ایک مرتبہ پھر سوال کیا:۔

"کون سا مال تجھ کو سب سے زیادہ محبوب ہے؟"

اُس نے جواب دیا:۔ "اونٹ"

فرشتے نے اُس کو دس اونٹ دیتے ہوئے کہا:۔

"اللہ تعالیٰ تجھے ان اونٹوں میں برکت عطا فرمائے"

کوڑھی کے پاس سے چل کر فرشتہ گنجے کے پاس پہونچا اور فرشتہ نے اُس سے بھی وہی سوال کیا:۔

"تجھے کونسی چیز سب سے زیادہ محبوب ہے؟"

اُس نے جواب دیا:۔

"اچھے بال! تاکہ اس گنجے پن کی بیماری سے

مجھے نجات ملے، جس کی وجہ سے ہر شخص کی نظر میں ذلیل ہوں"۔

فرشتے نے اُس کو بھی ایک مرتبہ چھو لیا، گنجے پن کی بیماری رخصت ہو گئی، اور اللہ نے اُس کو اچھے بال دے دیئے۔ فرشتے نے اُس سے بھی ایک دوسرا سوال کیا:۔

"کون سی چیز تجھ کو سب سے زیادہ پسند ہے"

اُس کا برجستہ جواب تھا:۔ گائے"

فرشتے نے ایک گائے اُس کو عطا کی اور دُعا کی:۔

اللہ تعالےٰ تجھ کو اس میں برکت عنایت فرمائے

یہاں سے رخصت ہو کر فرشتہ اندھے کے پاس پہنچا اور اس سے بھی وہی سوال کیا:

"تیری سب سے بڑی آرزو کیا ہے؟"

اندھے نے جواب دیا:۔

کاش! کہ اللہ تعالٰے میری آنکھیں مجھ کو عطا کردے تاکہ لوگوں کو میں دیکھ سکوں"
فرشتے نے اس کو بھی چھو دیا، فرشتے کے چھوتے ہی اللہ نے اس کی آنکھیں واپس کردیں، اب فرشتے نے اس سے بھی دوسرا سوال کیا:-
"تجھ کو سب سے زیادہ کون سا مال محبوب ہے؟"
اُس نے جواب دیا:- بکری"!
فرشتے نے بکریوں کا ایک جوڑا اُسے بھی عطا کیا۔
وقت گذرتا گیا، تینوں کے جانوروں نے بچے دیئے، اللہ تعالٰے نے اُن کے مال میں بڑی برکت عطا فرمائی۔
ان تینوں کے پاس علی الترتیب بہت سے اونٹ، گائے، اور بکریاں ہوگئیں۔
عرصہ کے بعد ہی فرشتہ ایک کوڑھی کے بھیس میں

اُس شخص کے پاس آیا جو پہلے کوڑھی تھا، اور گفتگو یوں شروع کی:-

"میں ایک غریب آدمی ہوں، سفر میں میری ساری پونجی ختم ہو گئی، اب صرف اللہ کا سہارا ہے، یا پھر آپ کا، میں اُسی اللہ کا واسطہ دے کر آپ سے درخواست کرتا ہوں جس نے آپ کو بہترین صورت اور بہترین جلد عطا کی، اور یہ اونٹوں کا گلہ مال کی صورت میں عطا فرمایا، کیا آپ اس سفر میں میری کچھ مدد کر سکتے ہیں؟"

اُس شخص نے بڑی بے رُخی سے جواب دیا:-

"مجھے بہت سے دوسرے کام ہیں"

اب فرشتے نے حقیقت کھولتے ہوئے کہا:-

"میں تم کو پہچانتا ہوں، تم کوڑھی تھے، لوگ

تم سے نفرت کرتے تھے ، اور تم محتاج تھے
پھر اللہ تعالیٰ نے تم کو صحت عطا فرمائی، اور
اللہ تعالیٰ نے تم کو یہ مال عطا فرمایا"
اُس شخص نے غرور کے انداز میں کہا"
" یہ مال میرا خاندانی ہے جسکا میں تنہا وارث ہوں"
فرشتے نے کہا:-
" اگر تو جھوٹا ہو، تو اللہ تعالیٰ تجھکو ویسا ہی بنا دے
جیسا کہ تو اس سے قبل تھا"
پھر وہ فرشتہ گنجے کے پاس ایک گنجے کی صورت میں
آیا، اور اُس نے فرشتے کے سوال پر وہی جواب دیا،
جو پہلے شخص نے دیا تھا، فرشتے نے آخر میں اُس سے
بھی وہی کہا:-
" اگر تو جھوٹا ہو تو اللہ تعالیٰ تجھ کو پھر ویسا ہی
بنا دے، جیسا کہ تو پہلے تھا"

فرشتہ اب ایک اندھے کی صورت میں اس شخص کے پاس آیا، جو پہلے اندھا تھا۔ اور یوں کہنا شروع کیا:۔

"میں ایک محتاج اور مسافر آدمی ہوں، اس سفر میں میرے تمام ذرائع ختم ہو چکے ہیں، مجھے اللہ کے سوا اس وقت کسی کا سہارا نہیں ہے، یا پھر آپ سے اُمید ہے، میں اُسی کے نام کا واسطہ دے کر آپ سے ایک بکری کا طلبگار ہوں جس نے آپ کو بینائی عطا فرمائی، کہ اس سفر میں اس سے کچھ مدد حاصل ہو"

اُس شخص نے کہا:۔

"بیشک میں اندھا تھا، اللہ نے مجھ کو دوبارہ بینائی عطا فرمائی، میں محتاج تھا، اللہ نے مجھ کو امیر بنایا، تمہارے لئے سب کچھ حاضر ہے

جو چاہو لے لو، اور جو چاہو چھوڑ دو، خدا کی قسم میں آج کسی اس چیز کے دینے سے انکار نہیں کروں گا، جو تم اللہ کے واسطے سے طلب کرو گے"

فرشتے نے اُس کو خوشخبری سُنائی:۔

"تم اپنا مال اپنے پاس رکھ تم تینوں آدمی آزمائش میں مبتلا کئے گئے تھے، اللہ تم سے راضی اور خوش ہے اور تمہارے دونوں ساتھیوں سے ناراض ہوا۔"

☆☆

یہ تھا ایثار

ابوجہمؓ بن حذیفہ حضور صلی اللہ علیہ وسلم کے ایک صحابی تھے، یرموک کی جنگ میں بہت سے مسلمان شہید ہوئے، ابوجہمؓ کے چچا زاد بھائی بھی اس جنگ میں شریک تھے، وہ ان کی تلاش میں نکلے اور ساتھ میں ایک مشکیزہ پانی بھی لیتے گئے کہ ممکن ہے کہ ان کے بھائی پیاسے ہوں تو ان کو پانی پلادیں، اتفاق سے ان کے بھائی ایک جگہ اس حالت میں پڑے ہوئے ملے کہ دم توڑ رہے تھے اور نزع کا عالم تھا، ابوجہمؓ نے اپنے چچا زاد بھائی سے پوچھا کیا پانی پلاؤں انھوں نے اشارہ سے پانی مانگا اتنے میں

۵۰

ایک دوسرے صاحب کی آہ کی آواز سنائی دی، یہ بھی قریب ہی زخمی پڑے تھے اور ان کا بھی نزع کا عالم تھا، ابوجہم رض کے بھائی نے اس زخمی کی آواز سنی تو انہوں نے ابوجہم رض کو اپنے زخمی ساتھی کے پاس جانے کا اشارہ کیا، یہ زخمی ہشام بن العاص رض تھے، ابوجہم رض ہشام رض کے پاس پہونچے ہی تھے کہ ان کے قریب ایک تیسرے صاحب زخمی حالت میں پڑے دم توڑ رہے تھے اور ان کی آہ کی آواز ہشام رض نے سنکر ابوجہم رض کو اشارہ کیا کہ ان کے پاس پانی لے جاؤ، ابوجہم رض ان کے پاس پانی لے کر پہنچے تو ان کا دم نکل چکا تھا، اب پھر یہ ہشام رض کے پاس واپس آئے تو وہ بھی جاں بحق ہو چکے تھے، اس کے بعد وہ اپنے بھائی کے پاس لوٹے تو وہ بھی پیاسے اس دنیا سے رخصت ہو چکے تھے

۵۱

دُعا کا اثر

— ۹ —

حضرت عمر رضی اللہ تعالےٰ عنہ کی خلافت کا زمانہ ہے، حضرت سعد بن ابی وقاص رضؓ حضرت عمر رضی اللہ تعالےٰ عنہ کی جانب سے کوفہ کے حاکم ہیں کوفہ والوں نے حضرت سعدؓ کی دربار خلافت میں شکایت کی، انھوں نے شکایت میں یہاں تک کہا کہ وہ ٹھیک سے نماز بھی نہیں پڑھتے ہیں حضرت عمرؓ نے حضرت سعدؓ کو بُلا بھیجا اور ان سے کہا کہ ان لوگوں کا خیال ہے کہ آپ ٹھیک سے نماز نہیں پڑھتے، حضرت سعدؓ نے کہا: خدا کی قسم میں تو حضور ﷺ جیسی نماز پڑھتا ہوں، کوئی چیز مجھ سے نہیں چھوٹتی۔

۵۲

حضرت عمرؓ نے فرمایا " مجھے تم سے یہی امید تھی "

اس کے بعد حضرت عمر رضی اللہ تعالیٰ عنہ نے چند افراد کو دریافت حال کے لئے کوفہ بھیجا، ان لوگوں نے ہر مسجد میں حال دریافت کیا وہاں ہر شخص نے حضرت سعدؓ کی تعریف کی، لیکن یہ لوگ جب عبس کی مسجد میں پہونچے تو وہاں ایک شخص جس کا نام اُسامہ تھا کھڑا ہو گیا اور اس نے کہا " جب تم قسم دے کر پوچھتے ہو تو ہم تم کو پورا حال صحیح صحیح بتلاتے ہیں، سُنو! سعدؓ کی یہ حالت ہے کہ نہ تو وہ کسی فوج کے ساتھ جاتے ہیں، نہ انصاف کے ساتھ فیصلہ کرتے ہیں نہ عدل کے ساتھ تقسیم کرتے ہیں "

یہ سنکر حضرت سعدؓ نے کہا " خدا کی قسم

۵۴

میں بھی تین دُعائیں کرتا ہوں :-

"اے اللہ ! اگر تیرا یہ بندہ جھوٹا ہے اور شہرت کی طلب کے لیئے کھڑا ہوا ہے تو اس کی عمر لانبی کر، اس کی فقیری اور محتاجی کو بڑھا اور اس کو فتنہ میں مبتلا کر!"

اس کے بعد جب کوئی اس سے ملتا اور اس کا حال پوچھتا تو وہ کہتا " مجھے سعدؓ کی بد دُعا لگ گئی "

اس واقعہ کے بعد لوگوں نے اس کو دیکھا کہ بڑھاپے کی وجہ سے اس کی پلکیں بھی جھڑ گئی تھیں، اور وہ راستہ میں لڑکیوں سے چھیڑ چھاڑ کیا کرتا تھا۔

۵۴

جھوٹ کا نتیجہ

۱۰۲

مروان کے دربار میں حضرت سعید بن زیدؓ کی اروی بنت اوس نے شکایت کی کہ "سعیدؓ نے میری کچھ زمین دبالی ہے"۔

حضرت سعیدؓ نے کہا "بھلا میں اس کی زمین کیوں لوں گا۔ جب سے میں نے رسول اللہ صلے اللہ علیہ وسلم سے سُنا ہے، ایسی جرأت نہیں کر سکتا"۔

مروان نے کہا "آپ نے رسول اللہ صلی اللہ علیہ وسلم سے کیا سُنا ہے"؟

حضرت سعیدؓ نے فرمایا "میں نے رسول اللہ صلی اللہ علیہ وسلم سے سُنا ہے کہ "جو شخص بالشت بھر

زمین بھی ظلم اور زبردستی سے دبا لے گا اس کو سات زمینوں کا طوق پہنایا جائے گا"

حضرت سعیدؓ کا یہ جواب سُنکر مروان نے کہا۔ "خدا کی قسم میں اس کے سُننے کے بعد اب آپ سے کوئی سوال نہیں کر سکتا"

حضرت سعیدؓ نے کہا "اے اللہ! اگر یہ جھوٹی ہے تو اس کو اندھا کردے اور اس کی زمین پر اس کو موت دے"

ان کی اس بدعا کے بعد وہ عورت اندھی ہو گئی، وہ ٹٹولتی ہوئی چلتی تھی اور کہتی تھی مجھ کو سعیدؓ کی بد دعا لگ گئی۔ اپنی اسی زمین میں جس کے سلسلہ میں وہ جھگڑی تھی ایک کنواں تھا اسی میں وہ گر پڑی، وہی کنواں اس کی قبر بن گیا۔

۵۶

ماں کی محبّت

حضرت داؤد علیہ السلام کے زمانے میں دو عورتیں تھیں ، دونوں کے ایک ایک لڑکا تھا ، اتفاق سے ایک لڑکے کو بھیڑیا اُٹھا لے گیا، اب وہ دونوں آپس میں لڑنے لگیں . ایک کہتی تھی کہ تیرے بیٹے کو اُٹھالے گیا. دوسری کہتی تھی کہ نہیں میرا بیٹا سلامت ہے تیرے لڑکے کو اُٹھالے گیا"

آخر کار وہ دونوں حضرت داؤد علیہ السّلام کے پاس فیصلہ کرانے آئیں ، حضرت داؤد علیہ السلام نے بڑی عورت کو لڑکا دلوادیا. پھر دونوں ، داؤد علیہ السلام کے لڑکے حضرت سلیمان علیہ السلام کے

کے پاس آئیں اور واقعہ بیان کیا۔

حضرت سلیمانؑ نے فرمایا "چھری لاؤ تو میں اس لڑکے کو آدھا آدھا کر کے دونوں کو دے دوں"

یہ سُنکر چھوٹی عورت گھبرا گئی، کہنے لگی "اللہ آپ پر رحم فرمائے، آپ ایسا نہ کیجیے، یہ لڑکا بڑی ہی عورت کو دے دیجئے (یعنی میں اب اس لڑکے کی دعویدار نہیں ہوں کہ اسے مجھے دے دیجئے میں چاہتی ہوں، بچہ زندہ و سلامت رہے، چاہے جس کے پاس رہے)

حضرت سلیمانؑ سمجھ گئے کہ یہ لڑکا اسی چھوٹی عورت کا ہے آپ نے وہ لڑکا اسی عورت کو دلوا دیا۔

۵۸

شیطان کی سچی بات

-۱۲-

حضرت ابو ہریرہ رضی اللہ تعالٰی عنہ فرماتے ہیں کہ رسول اللہ صلے اللہ علیہ وسلم نے رمضان کی زکوٰۃ (یعنی صدقہ عید الفطر) وغیرہ کی حفاظت میرے سپرد کی (رات) کو ایک آدمی آیا اور وہ غلّہ بھر کر لے جانے لگا، میں نے اس کو پکڑ لیا۔ اس سے میں نے کہا کہ "میں تجھ کو رسول اللہ صلے اللہ علیہ وسلم کی خدمت میں لے جاؤں گا،" اس چور نے کہا" میں غریب محتاج ہوں اور صاحب اہل وعیال ہوں، مجھے شدید ضرورت ہے۔" یہ سنکر میں نے اس کو چھوڑ دیا، جب صبح ہوئی تو میں رسول اللہ صلے اللہ علیہ وسلم کی خدمت میں

حاضر ہوا۔ آپ نے فرمایا "اے ابو ہریرہ رضؓ تو نے کل رات کو اپنے قیدی کے ساتھ کیا معاملہ کیا؟
میں نے عرض کیا" یا رسول اللہ صلے اللہ علیہ وسلم اس نے اپنی ضرورت ظاہر کی اور عیال دار ہونے کی شکایت کی تو مجھ کو اس پر رحم آگیا، اور میں نے اس کو چھوڑ دیا"
حضور اکرم صلی اللہ علیہ وسلم نے فرمایا" اس نے تم سے جھوٹ بولا۔ عنقریب وہ پھر آئے گا "
حضور صلے اللہ علیہ وسلم کے اس فرمانے سے میں سمجھ گیا کہ وہ ضرور آئے گا اور میں اس کا منتظر رہا، وہ پھر آیا اور غلّہ اکٹھا کرنے لگا، میں نے اس کو پکڑ لیا اور اس سے کہا" میں تجھ کو رسول اللہ صلے اللہ علیہ وسلم کے پاس لے چلوں گا" اس نے پھر خوشامد کی اور کہا" میں

محتاج ہوں، اہل و عیال کی پرورش میرے ذمہ ہے"

مجھے پھر اس چور پر رحم آگیا اور میں نے اسکو چھوڑ دیا۔ صبح کو جب میں حضور اکرم صلی اللہ علیہ وسلم کی خدمت میں حاضر ہوا تو آپ نے فرمایا۔ "اے ابو ہریرہؓ گزشتہ رات تمہارے قیدی نے کیا کیا"؟

میں نے عرض کیا "یارسول اللہ صلی اللہ علیہ وسلم اس نے اپنی پریشانی اور شدید ضرورت اور اہل و عیال کی ذمہ داری کی شکایت اس انداز سے کی کہ مجھ کو اس پر رحم آگیا اور میں نے اس کو چھوڑ دیا

آپ نے فرمایا۔ "اس نے تم سے جھوٹ کہا، عنقریب وہ پھر آئے گا"

میں نے پھر اس کا انتظار کیا۔ تیسری بار وہ

پھر آیا اور غلّہ بھر کر لے جانے لگا، میں نے اس کا ہاتھ پکڑ لیا اور اس سے کہا کہ "اب کی میں تجھ کو حضور اکرم صلے اللہ علیہ وسلم کی خدمت میں ضرور لے جاؤں گا، یہ تیسری بار ہے کہ تو کہتا ہے کہ میں نہیں آؤں گا، لیکن پھر آتا ہے"

اس نے کہا۔ "تم مجھ کو چھوڑ دو، میں تم کو ایسے کلمات بتلا دوں جن کے پڑھنے سے اللہ تعالیٰ تم کو نفع دے گا"

میں نے پوچھا "وہ کون سے کلمات ہیں"؟

اُس نے کہا "جب تم اپنے بستر پر سونے کی نیت سے لیٹو تو "آیۃ الکرسی" پڑھ لیا کرو، اللہ تعالےٰ برابر تمہاری حفاظت اور نگہبانی کرے گا اور شیطان تم سے صبح تک قریب ہوگا"

۶۲

میں نے یہ کلمات معلوم کرکے اس کو چھوڑ دیا صبح کو میں رسول اللہ صلی اللہ علیہ وسلم کی خدمت میں حاضر ہوا۔ آپ نے فرمایا:

" تمہارے قیدی نے رات کو کیا کیا "؟

میں نے عرض کیا" یارسول اللہ صلی اللہ علیہ وسلم اس نے مجھ سے دعوے کے ساتھ کہا کہ وہ مجھے ایسے کلمات سکھائے گا، جن سے اللہ مجھ کو نفع پہنچائے گا، تو میں نے اس کو چھوڑ دیا "

آپ نے پوچھا" وہ کون سے کلمات ہیں "؟

میں نے عرض کیا" اُس نے بتایا ہے کہ جب بستر پر سونے کے لئے لیٹو تو آیۃ الکرسی پڑھ لیا کرو، اللہ تعالیٰ تمہاری حفاظت فرمائے گا اور صبح تک شیطان کا تمہارے پاس گزر نہ ہوگا "

آپ نے فرمایا" وہ ہے تو جھوٹا مگر یہ بات اس نے سچ کہی، اے ابو ہریرہؓ! جب سے تم تین راتوں سے مخاطب ہو رہے ہو جانتے ہو وہ کون ہے؟
میں نے عرض کیا" مجھے نہیں معلوم؟
آپ نے فرمایا "وہ شیطان ہے"

اللہ کی راہ میں

۱۳

حضرت عاصم بن ثابت انصاریؓ، حضرت محمد مصطفےٰ صلی اللہ علیہ وسلم کے بہت پیارے صحابی تھے. حضور صلے اللہ علیہ وسلم نے خاموشی کے ساتھ دشمنوں کا حال دریافت کرنے کے لئے دس آدمی بھیجے. ان دس آدمیوں میں حضرت عاصمؓ

بن ثابت انصاری بھی تھے اور انہیں کو حضور صلے اللہ علیہ وسلم نے اس جماعت کا امیر مقرر کیا۔ یہ لوگ جب دشمنوں کے قریب ایک جگہ پر پہنچ گئے تو دشمنوں کو کسی نہ کسی طرح ان کے آنے کی اطلاع ہو گئی، وہ تقریباً سو آدمی مسلح تیر کمان لے کر اور گرد ہوں میں بٹ کر ان کی تلاش میں نکل پڑے اور ان کے قدموں کے نشان دیکھتے ہوئے چلے، جب حضرت عاصمؓ اور ان کے ساتھیوں کو معلوم ہوا تو ایک جگہ یہ لوگ چھپ گئے۔ لیکن دشمنوں کو ان کا پتہ چل گیا اور انھوں نے ان کو گھیر لیا اور کہا کہ اپنے آپ کو ہمارے حوالہ کر دو، ہم تم سے وعدہ کرتے ہیں کہ ہم تم کو قتل نہیں کریں گے "

حضرت عاصمؓ نے کہا " میں ان لوگوں کی

ذمہ داری پر خود کو ان کے سپرد کرنے پر
تیار نہ ہوں گا جو اللہ اور اس کے رسول ﷺ
کو نہیں مانتے"
یہ کہہ کر اللہ تعالے سے دعا کی "اے اللہ
اپنے پیارے نبی ﷺ کو ہمارے حال کی
اطلاع فرما دیجیے اور میرا سر تیرے راستہ میں
کاٹا جا رہا ہے تو ہی اس کا محافظ ہے"
اب کیا تھا دشمنوں کی طرف سے تیروں
کی بارش ہونے لگی۔ انھوں نے بھی اپنے ترکش
سے تیر نکال کر مقابلہ کیا، آخر کار مقابلہ کرتے
ہوئے شہید ہو گئے۔
اللہ تعالے نے ان کی دعا قبول فرمائی،
حضور صلے اللہ علیہ وسلم کو واقعہ کا علم اُسی
وقت ہو گیا، اور شہادت کے بعد جب

دشمنوں نے ان کا سر کاٹنا چاہا تو شہد کی مکھیاں ابر کی مانند ان کی لاش کے گرد جمع ہو گئیں، دشمنوں نے سوچا رات کو جب یہ اُڑ جائیں گی تو سر کاٹ لیں گے مگر رات کو ایسی تیز بارش ہوئی کہ ان کی لاش کو وہ بہالے گئی۔

اس جماعت کے اور آدمی بھی شہید ہو گئے اب صرف حضرت خبیبؓ، زید بن دثنہؓ اور عبد اللہ بن طارقؓ رہ گئے، ان تینوں حضرات سے پھر دشمنوں نے عہد و پیمان کیا کہ اگر تم خود کو ہمارے حوالہ کر دو گے تو تم کو قتل نہیں کریں گے، یہ تینوں آدمی ان کے وعدہ پر ان کے پاس آ گئے، لیکن جب انہوں نے ہتھیار ڈال دیئے تو دشمنوں نے بد عہدی

شروع کی ۔ ان ہی کی کمانوں کے تانت نکالکر
ان کی مشکیں باندھیں ۔ عبد اللہ بن
طارق رضؓ نے کہا :-
" یہ پہلی بد عہدی ہے ۔ خدا کی قسم میں تمہارے
ساتھ نہیں جاؤں گا ، میرے لئے یہی بہتر
ہے کہ میں ان شہیدوں کی پیروی کروں
اور میں ان ہی کی پیروی کروں گا ۔ دشمنوں
نے ان کو زور سے کھینچا ، لیکن انہوں نے اپنی
جگہ سے جنبش بھی نہ کی تو دشمنوں نے ان کو
وہیں شہید کر دیا ۔
اب صرف حضرت زید رضؓ بن دثنہ اور حضرت
خبیب رضؓ رہ گئے تھے ، ان کو گرفتار کرکے یہ
لوگ مکہ لائے ۔ یہاں حضرت زید رضؓ بن دثنہ کو
صفوان بن امیہ نے خرید لیا ، اور حضرت

خبیبؓ کو حارث کے لڑکوں نے تاکہ اپنے اپنے باپ کے بدلہ میں ان دونوں کو قتل کر ڈالیں اس لئے کہ اس دردناک واقعہ سے پہلے جنگ بدر ہوئی تھی اور اس میں حضرت عاصمؓ حضرت خبیبؓ اور حضرت زیدؓ نے دوسرے صحابہ کے ساتھ اللہ اور اُس کے رسولﷺ کی طرف سے مکّہ والوں سے بڑی بہادری سے جنگ کی تھی اور اس میں مکّہ کے بہت سے لوگ مارے گئے تھے، مکّہ والے انتقام کی آگ میں جل رہے تھے، لیکن اللہ کے رسول کا مقابلہ کرنا ابھی ان کے بس میں نہ تھا، اس لئے وہ ان دو بیکس انسانوں کو قتل کر کے اپنی آگ بجھانا چاہتے تھے۔

حضرت زیدؓ کو صفوان نے خریدنے کے بعد

فوراً شہید کرنے کا ارادہ کیا جس وقت ان کو قتل کیا جانے والا تھا، بہت سے لوگ جمع تھے، مکّہ کے سردار ابو سفیان نے ان سے پوچھا:۔
"سچ سچ بتلاؤ، کیا تم یہ پسند کروگے کہ تم کو چھوڑ دیا جائے اور تمہارے بدلہ تمہارے سردار حضرت محمد صلی اللہ علیہ وسلم کی گردن ماردی جائے"؟

حضرت زیدؓ نے کہا: خدا کی قسم مجھے یہ بھی گوارا نہیں کہ حضور صلی اللہ علیہ وسلم جہاں بھی رہیں ان کے ایک کانٹا بھی چبھے اور ہم اپنے گھر میں آرام سے رہیں۔

یہ جواب سنکر مکّہ والے حیران رہ گئے؛ اس کے بعد ان کو دشمنوں نے شہید کردیا۔

حضرت خبیبؓ کچھ عرصہ تک حارث کے لڑکوں

کی قید میں رہے اسی دوران کا واقعہ ہے کہ حضرت خبیبؓ نے ایک دن حارث کی کسی لڑکی سے استرہ مانگا۔ اس نے دے دیا۔ اس عورت کا چھوٹا سا بچہ ماں کی غفلت سے حضرت خبیبؓ کے پاس گیا۔ حضرت خبیبؓ نے اس کو اپنے زانو پر بٹھالیا اور اس وقت استرا ان کے ہاتھ میں تھا، یہ حال دیکھ کر عورت بہت پریشان ہوئی حضرت خبیبؓ نے اس کی پریشانی دیکھ کر کہا کہ تم ڈرتی ہو کہ میں اس کو قتل کر دوں گا! نہیں میں ہرگز ایسا نہ کروں گا۔

یہی عورت خدا کی قسم کھاکر کہتی تھی کہ میں نے حضرت خبیبؓ جیسا اچھا قیدی کبھی نہیں دیکھا اور وہ یہ بھی کہتی تھی کہ خدا کی قسم میں نے ایک دن دیکھا کہ حضرت خبیبؓ کے ہاتھ میں

انگور کا خوشہ ہے اور وہ اس کو کھا رہے ہیں حالانکہ وہ زنجیر میں قید تھے، مکہ میں اس وقت کوئی پھل نہیں تھے۔ وہی کہتی ہے کہ یہ انگور اللہ تعالیٰ کی طرف سے ان کو عطا ہوئے تھے۔

کچھ دنوں کے بعد یہ لوگ حضرت خبیب رضی اللہ تعالیٰ عنہ کو قتل کرنے کے لئے باہر لے گئے، حضرت خبیبؓ نے کہا کہ:

"مجھے اتنی مہلت دو کہ میں دو رکعت نماز پڑھ لوں"

یہ بات دشمنوں نے مان لی، انھوں نے دو رکعت نماز پڑھی اور کہا کہ خدا کی قسم اگر مجھے یہ خیال نہ ہوتا کہ تم گمان کروگے کہ موت کے خوف سے میں نماز میں دیر کر رہا ہوں تو میں دیر تک اطمینان سے نماز پڑھتا۔ اس کے بعد انھوں

نے دعا مانگی کہ "اے اللہ ان لوگوں کو گن گن کر مار، اور کسی کو نہ چھوڑ" پھر کچھ اشعار پڑھے جن کا مطلب یہ ہے:

"جب میں اللہ کی راہ پر مر رہا ہوں تو
مجھے کوئی پرواہ نہیں، میرا گرنا اللہ
کے لئے ہے، چاہے جس پہلو پر گروں
یہ اللہ کی قدرت ہے، اگر وہ چاہے
تو میری کھال کے ٹکڑے ٹکڑے میں
برکت عطا فرمادے"

حضرت خبیبؓ نے شہادت کے وقت دو رکعت نماز پڑھنے کی سنت نکالی، اللہ تعالیٰ نے حضور صلی اللہ علیہ وسلم کو انکی شہادت کی اطلاع دیدی اور حضور صلے اللہ علیہ وسلم نے اپنے ساتھیوں کو ان کی شہادت کی اطلاع دی۔

❁

شراب سب گناہوں کی ماں ہے!

(۱۴)

اسلام سے پہلے بہت پرانے زمانہ کا ذکر ہے، ایک شخص تھا اللہ تعالیٰ کی بڑی عبادت کرنے والا، انتہائی پرہیز گار، دُنیا کی تمام برائیوں سے دُور، اسی زمانہ میں وہیں ایک عورت بھی تھی، بہت ہی گنہگار اور بدذات اُس نے اپنی ایک خادمہ کو اس شخص کے پاس بھیجا کہ ہمارا کسی سے لین دین کا کچھ معاملہ ہورہا ہے بہت بڑا اور اہم معاملہ ہے اسے بہت ایمان دار گواہوں کے سامنے کرنا ہے، اللہ کے واسطے آپ بھی اس اہم معاملہ میں گواہ ہوجایئے یہ بڑے ثواب کا کام ہے، میری التجا،

ہے کہ آپ تھوڑی دیر کے لئے میرے غریب خانہ پر آجایئے تاکہ یہ اہم معاملہ آپ جیسے بزرگ کے سامنے انجام پائے۔

یہ شخص انتہائی سیدھا اور بھولا تھا، عورت کے مکرو فریب میں آگیا اور ثواب سمجھتے ہوئے اس کے گھر پہنچ گیا۔ جب گھر کے اندر داخل ہوچکا تو اسی مکار خادمہ نے جوان کو بُلانے کے لئے آئی تھی، اس نے گھر کے سب دروازے بند کردیئے۔ اب اس شخص کے سامنے عجیب منظر تھا، وہ عورت جس نے اُس کو بُلا بھیجا تھا انتہائی بناؤ سنگار کرکے بیٹھی ہے، شراب کے جام سامنے رکھے تھے اور ایک لڑکا بھی وہاں موجود تھا وہ عورت اُن کو دیکھ کر مسکرائی اور اُس نے مسکراتے ہوئے کہا کہ ـــ" میں نے آپ کو

۷۵

گواہی دینے کے لئے زحمت نہیں دی ہے بلکہ میں چاہتی ہوں کہ اس خشک اور بے لطف زندگی سے تم کو نجات دوں، میں تمہاری خدمت میں حاضر ہوں۔ لو شراب پیو! اور اس لڑکے کو قتل کرو اور عیش و مسرت کی زندگی بسر کرو، اور یقین کرلو کہ اگر تم نے میرا کہنا نہ مانا تو میری یہ شدید محبت غیر معمولی عداوت میں تبدیل ہو جائے گی اور تمہارا سر تمہارے تن سے جدا ہو جائے گا"

یہ بیچارہ انتہائی عابد اور پرہیزگار شخص بہت گھبرایا۔ جان کے خوف سے یہ تھر تھر کانپ رہا تھا، ادھر عورت کا اصرار تھا کہ تم ان تین باتوں میں سے کوئی ایک ہی بات کرنے کے لئے جلد سے جلد تیار ہو جاؤ، اس بے چارے نے

اپنے دل میں سوچا یہ تینوں گناہ عورت سے مُنہ کالا کرنا، شراب پینا، لڑکے کو قتل کرنا، بہت بڑے گناہ ہیں لیکن پھر بھی پہلے دو گناہوں سے شراب کا پینا کچھ کم گناہ ہے اور اس گناہ کو ہلکا سمجھ کر اس نے شراب پی لی۔ شراب پینا تھا کہ اس کی عقل گم ہوگئی، نیکی اور بدی کی تمیز اس کے دل اور دماغ سے رخصت ہوگئی اور اب عورت کے مکر میں آکر اس نے ان دو پہلے گناہوں سے بھی اپنے نامۂ اعمال کو سیاہ کرلیا کہ جن کو وہ بہت بڑا گناہ سمجھتا تھا۔

۴۴

یہ تھی مہمان نوازی

(۱۵)

حضور صلی اللہ علیہ وسلم کے ایک صحابی حضور صلے اللہ علیہ وسلم کی خدمت میں حاضر ہوئے وہ انتہائی پریشان تھے اور بھوک کی وجہ سے بیتاب اپنا حال انھوں نے حضور صلی اللہ علیہ وسلم کی خدمت میں عرض کیا۔ حضور صلے اللہ علیہ وسلم نے اپنے گھروں میں آدمی بھیجا، کہیں کچھ کھانے کے لئے نہ ملا، اب حضور صلی اللہ علیہ وسلم نے اپنے جان نثار صحابۂ کرام رضی اللہ تعالےٰ عنہم سے فرمایا کہ — "ہے تم میں سے کوئی شخص جو ان کی ایک رات مہمانی قبول کرلے؟"

ایک انصاری نے عرض کیا یا رسول اللہ!

میں انکی میزبانی کروں گا"

یہ ان بھوکے اور پریشان صحابی کو اپنے گھر لے گئے اور بیوی سے فرمایا کہ یہ حضور صلی اللہ علیہ وسلم کے مہمان ہیں، ان کی جو بھی عزت اور خاطر ہو سکے اس میں کوئی کسر نہ اٹھا رکھنا چاہیئے اور کوئی چیز چھپا کر نہ رکھنا چاہیے"

بیوی نے کہا" خدا کی قسم بچوں کے لئے تھوڑا سا کھانا رکھا ہے اور گھر میں کچھ نہیں!"

رسول اللہ صلے اللہ علیہ وسلم کے اس پیارے صحابی نے اپنی بیوی سے فرمایا — "کہ بچوں کو بہلا کر سلا دو، اور جب وہ سو جائیں گے تو ہم کھانا لے کر مہمان کے ساتھ بیٹھ جائیں گے اور تم چراغ کو درست کرنے کے بہانے سے اٹھ کر چراغ کو بجھا دینا"

بیوی نے ایسا ہی کیا۔ گھر میں دونوں میاں بیوی اور بچوں نے رات فاقہ سے گزاری۔
اسے کہتے ہیں ایثار، ہمدردی اور مہمان نوازی۔

اپنی سب سے پیاری چیز اللہ کی راہ میں

۔۱۶۔

ابوطلحہ انصاریؓ مدینہ منورہ میں بہت سے باغوں کے مالک تھے، ان کا ایک باغ تھا، جس کا نام بیرحاء تھا، وہ ان کو بہت ہی زیادہ پسند تھا، مسجد نبوی کے قریب تھا، اس باغ کا پانی بہت شیریں تھا حضور صلی اللہ علیہ وسلم بھی اکثر باغ میں تشریف لے جاتے اور اس کا پانی نوش فرماتے، جب قرآن پاک میں اللہ تعالیٰ نے فرمایا کہ :۔

۸۰

"تم نیکی کے کامل درجہ کو اس وقت تک نہیں پہنچ سکتے جب تک ایسی چیزوں کو نہ خرچ کرو جو تم کو پسند ہیں"۔

حضرت طلحہ رضؓ حضور صلی اللہ علیہ وسلم کی خدمت میں آئے اور عرض کیا کہ مجھے اپنا بیرحاء سب سے زیادہ محبوب ہے اور اللہ تعالیٰ کا ارشاد ہے کہ محبوب مال اللہ کی راہ میں خرچ کرو، اس لئے وہ اللہ کے راستہ میں دیتا ہوں، آپ جس طرح مناسب سمجھیں اس کو خرچ کریں۔" حضور صلی اللہ علیہ وسلم نے بہت زیادہ مسرت کا اظہار فرمایا اور فرمایا بہت عمدہ مال ہے۔ میں یہ مناسب سمجھتا ہوں کہ اس کو اپنے اعزا میں تقسیم کردو۔

ابو طلحہ رضؓ نے اسکو اپنے رشتہ داروں میں تقسیم کردیا۔

۸۱

توبہ قبول ہوتی ہے

۔ ۱۷ ۔

گرمی کا موسم تھا اور قحط کا زمانہ، مدینہ منورہ میں مسلمانوں کی زندگی بڑی تنگی کے ساتھ گزر رہی تھی، اسی زمانہ میں ایک قافلہ نے آکر اطلاع دی کہ قیصر روم کی فوجیں مدینہ منورہ پر حملہ آور ہونے کے لئے تیار ہو رہی ہیں۔

قیصر ایک بہت بڑی سلطنت کا بادشاہ تھا جس سلطنت نے ایران جیسی بڑی حکومت کو شکست دی تھی۔

حضور صلی اللہ علیہ وسلم نے طے کیا کہ قیصر کی فوجوں کو عرب میں داخل نہ ہونے

دیا جائے تاکہ ملک تباہی اور بربادی سے بچ جائے۔ قیصر روم کی جس راستہ سے آنے کی اطلاع ملی تھی۔ اسی راستہ میں ایک مقام تبوک ہے، حضور صلی اللہ علیہ وسلم نے ایک بہت بڑے لشکر کے لے جانے کی تیاری شروع کردی اور آپ کے جاں نثار ساتھی آپ کے ساتھ جانے کے لیے تیاریاں کرنے لگے۔ ان ہی جاں نثار ساتھیوں میں ایک صحابیؓ حضرت کعب بن مالک رضی اللہ تعالیٰ عنہ بھی تھے ان کا قصہ بہت ہی دلچسپ اور سبق آموز ہے، انھوں نے خود ہی اسے بیان کیا ہے وہ فرماتے ہیں :-

"تبوک کی مہم بہت سخت تھی، حضور صلے اللہ علیہ وسلم نے اپنے پیارے ساتھیوں کو

تیاری کے لئے حکم دیا، سب ہی لوگ اپنی ہمت اور بساط کے موافق سامانِ سفر درست کرنے میں مشغول ہو گئے، مگر مجھے کوئی فکر نہ تھی، ہر وقت دل میں یہ خیال رہتا تھا کہ جب چاہوں گا تیار ہو کر ساتھ چلا جاؤں گا، کیونکہ اللہ کے فضل سے اس وقت ہر طرح کا سامان میرے پاس موجود تھا، ایک نہیں دو سواریاں میرے پاس تھیں، میں اسی غفلت کے نشہ میں رہا، ادھر اللہ کے نبی نے اپنے تیس ہزار جاں نثار ساتھیوں کو کوچ کا حکم دے دیا، مجھ پر اب بھی غفلت سوار تھی اور یہ خیال تھا کہ حضورؐ روانہ ہو گئے تو کیا ہوا اگلی منزل پر آپ سے جا ملوں گا، آج چلوں اور کل چلوں، کرتے کرتے وقت نکل گیا

حضور صلی اللہ علیہ وسلم جب تبوک پہنچے تو لوگوں سے دریافت کیا، کعب بن مالک رضی کیوں نہیں آئے، ان کو کیا ہوا ؟

ایک شخص بولا:- یارسول اللہ صلی اللہ علیہ وسلم وہ آرام پسند ہوگئے ہیں اور مال و دولت کے نشہ نے ان کو آپ کے ساتھ آنے کی اجازت نہیں دی۔

حضرت معاذ بن جبل رض حضور صلی اللہ علیہ وسلم کے ایک بہت پیارے ساتھی تھے، انہوں نے اس شخص کی یہ بات سنکر کہا کہ تو نے بڑی خراب بات کہی، خدا کی قسم ہم نے کعب بن مالک رض میں بھلائی کے سوا کچھ نہیں دیکھا۔ حضور صلی اللہ علیہ وسلم یہ گفتگو سنکر خاموش رہے۔

اب حضور صلی اللہ علیہ وسلم کے تشریف لے جانے کے

بعد مجھے مدینہ منورہ میں بڑی وحشت اور پریشانی محسوس ہوتی تھی، سارے مدینہ منورہ میں سوائے ان لوگوں کے جو پکّے منافق تھے یا جو لوگ معذور تھے مجھے کوئی مرد نظر نہیں آتا تھا اب میرا عجیب حال تھا دل میں طرح طرح کے خیالات آتے تھے اور میں طرح طرح کے منصوبے بناتا تھا اور سوچتا تھا کہ حضور صلے اللہ علیہ وسلم جب واپس تشریف لائیں گے تو میں اپنا فلاں عذر کروں گا اور اپنی معذوری کو ظاہر کر کے کسی نہ کسی طرح اپنی جان بچالوں گا۔

آخر وہ وقت آگیا جب حضور صلے اللہ علیہ وسلم خیریت سے مدینہ تشریف لائے اور اب میرے دل کی دُنیا بدل چکی تھی اور میرے دل سے سارے جھوٹ اور فریب نکل چکے تھے،

میرے دل میں یہ یقین پیدا ہو چکا تھا کہ حضور صلی اللہ علیہ وسلم کے دربار میں سوائے سچائی کے کوئی جھوٹا عذر اور فریب کام نہ آئے گا۔

حضور صلی اللہ علیہ وسلم مسجد میں تشریف رکھتے تھے، پیارے صحابیوں کا مجمع تھا، منافق جھوٹے حیلہ بہانہ بناکر بظاہر اپنا چھٹکارا حاصل کر کے چلے جا رہے ہیں۔ اسی حال میں میں حضور صلی اللہ علیہ وسلم کے سامنے آیا، میں نے سلام کیا۔ سلام کے بعد حضور صلی اللہ علیہ وسلم مسکرائے، لیکن اس مسکراہٹ سے آپ کا غصہ صاف ظاہر ہو رہا تھا، مجھ سے غیر حاضری کی وجہ دریافت کی۔

میں نے عرض کیا" یارسول اللہ صلی اللہ علیہ وسلم اس وقت اگر میں دُنیا والوں میں سے

کسی کے سامنے ہوتا تو آپ دیکھتے کہ میں کس طرح اپنی چرب زبانی سے جھوٹے حیلہ حوالہ دے کر اپنے کو صاف بچا لیتا۔ مگر یہاں تو معاملہ ایک ایسی پاک ذات سے ہے جسے جھوٹ بول کر راضی بھی کر لوں تو تھوڑی دیر کے بعد وحی کے ذریعہ سے اللہ تعالےٰ اس کو سچی بات بتلا کر مجھ سے ناراض کر دے گا ؛ مجھے معلوم ہے کہ سچ بولنے میں تھوڑی دیر کے لیے آپ کی خفگی برداشت کرنی پڑے گی، لیکن مجھے اُمید ہے کہ خدا کی طرف سے اس کا انجام بہتر ہوگا اور مجھے یقین ہے کہ سچ بولنے ہی سے مجھے خدا اور رسول کے غصہ سے نجات ملے گی! یارسول اللہ صلے اللہ علیہ وسلم

میں سچا واقعہ آپ کے سامنے بیان کرتا ہوں میرے پاس غیر حاضری کا کوئی عذر نہیں ہے میں جس وقت آپ کے برکت بھرے ساتھ سے محروم ہوا، اُس وقت سے زیادہ میرے پاس مال ودولت کبھی نہیں تھا! اور مجھے ہر طرح کی آسانیاں حاصل تھیں۔ میں نے آپ کے ساتھ نہ جاکر جرم کیا ہے میں گناہ گار ہوں آپ کو اختیار ہے جو فیصلہ چاہیں میرے حق میں فرمائیں۔

حضور صلی اللہ علیہ وسلم نے فرمایا "یہ شخص ہے کہ جس نے سچی بات کہی" اور پھر میری طرف مخاطب ہو کر فرمایا:

"اچھا جاؤ اور خدا کے فیصلہ کا انتظار کرو"

میں اُٹھا، دریافت کرنے سے یہ بھی معلوم ہوا.

کہ میرے ہی جیسے دو شخص اور ہیں ، ایک کا نام بلال رضؓ ہے اور دوسرے کا نام مرارہؓ، ہم تینوں کے متعلق آپ نے حکم دے دیا کہ ہم سے کوئی بات نہ کرے ، سب الگ رہیں۔

اب کوئی مسلمان نہ ہم سے بات کرتا تھا اور نہ ہمارے سلام کا جواب دیتا تھا ، بلالؓ اور مرارہؓ دونوں اپنے گھر میں بیٹھ گئے، رات دن اللہ کے خوف میں رویا کرتے تھے ، وہ دونوں بڈھے تھے ، میں قوی اور مضبوط تھا۔ مسجد میں نماز کے لئے حاضر ہوتا ، حضورؐ کو سلام کرتا اور غور کرتا کہ جواب میں آپ کے مبارک لبوں کو حرکت ہوئی کہ نہیں! میں جب حضورؐ کی طرف دیکھتا حضورؐ میری طرف سے منہ پھیر لیتے تھے میرے خاص ملنے والے ، میرے

انتہائی گہرے دوست، اور انتہائی قریبی عزیز بھی مجھ سے بے گانہ ہو گئے۔

میں ان حالات میں گزر رہا تھا کہ ایک روز ایک شخص نے غسان کے بادشاہ کا ایک خط مجھ کو دیا، جس میں میری مصیبت پر ہمدردی کا اظہار کیا گیا تھا، اور مجھے دعوت دی گئی تھی کہ میں اس کے ملک میں پہونچ جاؤں وہاں میری بہت عزت ہو گی۔

میں نے اس خط کو پڑھ کر کہا کہ یہ بھی مستقل امتحان ہے! اور وہ خط میں نے آگ میں ڈال دیا

اب میری مصیبت کے چالیس دن گزر چکے تھے کہ دربار نبوت سے ایک نیا حکم پہنچا کہ میں اپنی بیوی سے بھی الگ رہوں، میں نے اپنی بیوی سے کہہ دیا کہ وہ میکہ چلی جائیں اور جب تک

خدا کے یہاں سے میرا کوئی فیصلہ نہ ہوجائے وہ اپنے میکہ ہی میں رہیں۔ مجھے اس وقت سب سے بڑی فکر یہ تھی کہ اگر اسی حالت میں میری موت ہوگئی تو میرے جنازہ کی نماز بھی کوئی نہ پڑھے گا، اور اگر خدانخواستہ ان ہی دنوں میں حضور صلی اللہ علیہ وسلم کی وفات ہوگئی تو مسلمان یہی معاملہ مجھ سے ہمیشہ رکھیں گے، میری میت کے قریب بھی کوئی نہ آئے گا، پہاڑ کے جیسے پچاس دن میرے اسی مصیبت میں گزرے کہ خدا کی یہ لمبی چوڑی زمین میرے لئے تنگ ہوگئی تھی، موت سے زیادہ مجھے زندگی سخت معلوم ہوتی تھی کہ یکایک ایک پہاڑی سے آواز آئی کہ

"اے کعب بن مالکؓ! خوش ہوجاؤ"

یہ سنتے ہی میں سجدہ میں گر پڑا، بعد میں معلوم ہوا

کہ رات کے آخری حصہ میں اللہ تعالےٰ کی طرف سے
حضور صلی اللہ علیہ وسلم کو خبر دی گئی کہ اللہ تعالےٰ
نے ہماری توبہ قبول فرمالی، نماز کے بعد آپ نے
اپنے پیارے ساتھیوں کے سامنے یہ خوش خبری
بیان فرمائی اور اس خوش خبری کو سُنانے کے لیۓ
ایک سوار میری طرف دوڑا، لیکن ایک دوسرے
شخص نے پہاڑ پر سے زور سے پکارا، اس کی
پیاری آواز سوار سے پہلے پہنچی اور میں انتہائی
خوشی میں اپنے بدن کے کپڑے اتار کر آواز
دینے والے کو دینے کے لیۓ تیار ہو گیا پھر
میں حضورؐ کی خدمت میں حاضر ہوا، لوگ
جوق در جوق آتے اور مجھے مبارک باد دیتے تھے
حضرت طلحہؓ نے کھڑے ہو کر مصافحہ کیا، اسوقت
ہمارے پیارے نبیؐ کا چہرہ خوشی سے چاند کی

طرح چمک رہا تھا، میرے لئے کیسے پیارے تھے، یہ الفاظ جو حضور صلے اللہ علیہ وسلم کی زبان مبارک سے نکلے " خدا نے تیری دعا قبول فرمائی "

میں نے عرض کیا " میں اس خوشی میں اللہ کا شکر ادا کرتے ہوئے اپنا کُل مال اور اپنی سب جائداد اللہ کی راہ میں صدقہ کرتا ہوں "

حضور صلی اللہ علیہ وسلم نے کمالِ محبّت سے فرمایا " سب نہیں، کچھ اپنے لئے روکنا چاہیئے "

آپ کے اس حکم پر میں نے خیبر کا حصّہ الگ کر کے اپنا سب کچھ اللہ کے راستہ میں صدقہ کر دیا، چونکہ سچ بولنے کی وجہ سے مجھ کو اتنی بڑی مصیبت سے نجات ملی تھی، اسلیئے میں نے آئندہ کے لئے بھی اپنے دل میں عہد کر لیا کہ خواہ کچھ بھی کیوں نہ ہو کبھی جھوٹ نہ بولوں گا۔ میرے اس عہد کے بعد بڑے سخت

لمحات پیش آئے ، مگر اللہ کا شکر ہے کہ میں نے ہمیشہ سچ بولا اور جھوٹ سے بچا !

٭٭٭

اچھی بیوی

۱۸

اللہ کے پیغمبر حضرت اسمٰعیل علیہ السلام مکّہ میں رہتے تھے ایک دفعہ ان کے والد حضرت ابراہیم علیہ السلام ان سے ملنے آئے ، وہ گھر پر نہیں تھے ، انھوں نے ان کی بیوی سے خیریت معلوم کی اور پوچھا گزر بسر کیسے ہوتی ہے ؟

بیوی ! نے کہا" ہم لوگ بڑی مصیبت میں ہیں ، فقر وفاقہ کا عالم ہے ۔

حضرت ابراہیم علیہ السّلام نے اپنی بہو سے کہا

۹۵

"جب تمہارے شوہر آویں تو ان سے میرا سلام کہنا اور یہ کہنا کہ اپنے دروازہ کی چوکھٹ بدل دیں"

جب حضرت اسمٰعیل علیہ السلام مکان پر واپس آئے تو بیوی نے سب حال بتلایا۔

حضرت اسمٰعیل علیہ السلام نے فرمایا" وہ میرے والد تھے اور چوکھٹ تم ہو، وہ یہ کہہ گئے ہیں کہ تم کو میں چھوڑ دوں"

اس کے بعد ان کو طلاق دے کر حضرت اسمٰعیل علیہ السلام نے دوسری شادی کی!

ایک بار پھر حضرت اسمٰعیلؑ کے والد ان کے گھر پر آئے اور اب اُنہوں نے اپنی نئی بہو کو گھر پر دیکھا اور اتفاق سے اس بار بھی حضرت اسمٰعیل علیہ السلام اپنے گھر پر موجود نہیں تھے اس نئی بہو نے اپنے خُسر حضرت ابراہیم علیہ السلام کی بڑی خاطر مدارات کی، حضرت ابراہیم علیہ السلام نے گھر کا حال پوچھا، انہوں نے کہا:۔

"خدا کا شکر ہے ہم لوگ بہت آرام اور آسائش کے ساتھ زندگی بسر کر رہے ہیں"

آپ نے ان کے لئے دعا کی اور فرمایا "جب تمہارے شوہر آویں تو میرا سلام کہنا اور کہنا کہ اپنے دروازہ کی چوکھٹ کو قائم رکھیں"

حضرت اسمٰعیل علیہ السلام جب واپس تشریف لائے تو بیوی نے سارا حال بتایا، آپ نے بیوی سے فرمایا:۔

"یہ میرے باپ تھے، کہہ گئے ہیں کہ تم کو ہمیشہ اپنے پاس رکھوں۔